# 孤鹰一旅山无数

海阳诗词选

高海阳　著

SPM
南方出版传媒
广东人民出版社
·广州·

**图书在版编目（CIP）数据**

孤鹰一旅山无数：海阳诗词选 / 高海阳著. —广州：广东人民出版社，2018.1（2023.1 重印）
ISBN 978-7-218-12545-9

Ⅰ. ①孤… Ⅱ. ①高… Ⅲ. ①诗词—作品集—中国—当代 Ⅳ. ① I227

中国版本图书馆 CIP 数据核字（2018）第 020677 号

GU YING YI LV SHAN WU SHU
**孤鹰一旅山无数**　高海阳　著

出 版 人：肖风华

责任编辑：李锐锋
装帧设计：蓝美华

统　　筹：广东人民出版社中山出版有限公司
执　　行：王忠　吕斯敏
地　　址：中山市中山五路1号中山日报社8楼（邮编：528403）
电　　话：（0760）89882926　（0760）89882925

出版发行：广东人民出版社
地　　址：广东省广州市越秀区大沙头四马路10号（邮编：510199）
电　　话：（020）85716809（总编室）
传　　真：（020）83289585
网　　址：http://www.gdpph.com
印　　刷：三河市同力彩印有限公司
开　　本：889mm×1194mm　1/32
印　　张：8　　　字　　数：160千
版　　次：2018年1月第1版
印　　次：2023年1月第2次印刷
定　　价：59.80元

如发现印装质量问题影响阅读，请与出版社（0760-89882925）联系调换。
售书热线：（0760）88367862　邮购：（0760）89882925

# 自　序

爱因斯坦说过，人到了人生的某一时刻，需要停止读别人的书，写一本自己的书。

这听起来很有道理。每个人的人生就是一本书。尽管形形色色，林林总总，抑或精彩，抑或曲折，但总是本有章回，有起承转折的书。本书就是以诗词形式记述作者对于四时的感受，与亲朋的交谊，对人生旅程的点滴感悟，并把这些点滴与读者分享的一本小书。

一、结集缘起

我对诗歌的喜爱源自小时候。说实话小学时的批林批孔运动连带着要批《三字经》，不曾想这给了我诗歌和历史的启蒙。经里诸如“犬守夜，鸡司晨。苟不学，曷为人。蚕吐丝，蜂酿蜜。人不学，不如物”等，琅琅上口，在知识物质匮乏的异样时代，也一样存在着异样的教化。后来，受兄长影响，我从小学开始便写了一些诗歌。初中时社会生活逐渐正常化，一本《唐诗小札》（刘逸生著）成了我每天必看的小书，受益良多。

高中时代，学校图书馆一位八十多岁的老先生自编了些唐诗在课外教我们，并执拗地建议我们用粤语朗读，方得原味。至今还记得先生击掌诵读《龟虽寿》的情景，以及领略杜甫“一览众山小”豪迈气度时的震撼。诗之于人，教化殊深，可见一斑。

时光荏苒，诗词陪伴了我几十年的生活和工作。抒一己之怀为主，出发点往往不是立意高深的创作，但却也不是奇淫技巧式的玩物。后来在杭州工作了一段时间，闲时忘情山水，流连寺院，忽然觉得眼前所见正是所谓的唐诗山水。从前熟悉的诗词，和眼前山阴路上的绿水青山浑然一体，廓然历历。应了苏东坡在杭州望湖楼所写那句“故乡无此好湖山”的大实话，眉山的大山大水里成长的他，在这些秀气的湖光山色中，塑造出另外清新的一面。其实山水人文，与其地理环境、人物风情，关系极大，一方水土也养一方人文。既如此，四处游历，细细品味格物，是提高写作境界的一条路径。慢慢写来，终于觉得有些微所得。积少成多，便有了成此集的因缘。

二、诗论片段

唐于武陵有一首著名的劝酒诗：

劝君金屈卮，满酌不须辞。
花发多风雨，人生足别离。

我极喜爱这样一首只有二十个字，既有满酌不须辞的豪气，也有人生足别离感悟的深刻的诗歌。事实上，诗兴生发的由来，往往就是饮酒和离别构成了主要场景，从此引发出对时世和人生的感概。

我的诗词，无例外的有不少是相逢和别离之作。人生大概如此，相遇和再见，往往构成了思绪重叠的造影，完成一个个幻灭又新生的流转。当心中充满对生活的惜别和期盼的时分，想象力就长上翅膀，诗情在黎明或夜空中飞翔。这些逢别的对象，有时是亲人朋友，有时是一段过往的岁月，有时是一份职业工作，有时是一座久居的城池。

关于别离与诗词，古今中外似乎各有千秋，各自显现风格迥异的境界，无比精彩。单就捕捉这相见和不见的意境和情感来说，眼界手法各异，但都是诗人心情的一幅剪影。例如，今年因新海诚导演的日本动画而流行起来的，《古今集》里小野小町的两首和歌，唐月梅在2002年的翻译如下：

梦里相逢人不见，若知是梦何须醒。

纵然梦里常幽会，怎比真如见一回。

这见与不见的境界，在日本古代平安朝的诗人眼里已不同凡响。在梦里常常相见，虽然知道那是个梦，但好梦何须醒来。这里已经把现实抽象了一幕了。但笔锋一转，纵然每每梦里见着，却怎比得上在真如现世里实在见一回！这一下又把梦境拉回到体感的真实世界。虚空和现世来往自如，写出了人生如梦的深刻感觉。

其实，即使在不同的时代，不同的人物似亦有若即若离的感悟。如晚唐李商隐所写的两句，却是论及见与别二者之间的相关性：

相见时难别亦难，东风无力百花残。

见时难，则别离也难，这无疑也是理解二者关系的一个绝妙的角度，让人陡添珍惜人间缘分的心意。

清初词人纳兰容若则描画了相见，可以是个初始点，但时而又是个充满无奈的奇点：

人生若只如初见，何事秋风悲画扇。

这里精辟的描述，着墨于初见，而丝毫不用提及之后的相离。诗人感叹留不住初见的美好，初见便收敛成一点，凝结着许多无奈，与后来所有无关，遂成一奇点。

而宋朝司马光在完成《资治通鉴》大作之余，也极为聪明地在词里写了见与不见的量子态：

相见争如不见，有情何似无情。

这是非常入木三分的描写。之所以说它是量子态，是说相见和不见，有情和无情同时存在，见此即彼，由此及彼，你看到一面，背面马上就呈现了。这种对于见和不见的剖析和领悟，实在是已臻化境了。

无微不至，无远弗届的诗人们的想象力，原是诗词的魅力所在。在雪山高原仓央嘉措的笔下，见与不见则来得横出三界，直戳人心：

你见，或是不见，我就在那里……

这里头有充沛的如如不动的定力，有一锤定音的决断。宁静致远，很多时候我觉得诗歌之美，在乎言简意深，精准的指向，一击而中，且色彩斑斓。

其实，我最喜欢的却是是南宋辛稼轩《贺新郎》词里的见，以及隐约其中的不见：

我见青山多妩媚，料青山见我应如是。

看这等抒发，全然是物我交融的通感境界，孤独中带着乐观，超脱了愁惨的寻常。道出了生命无常，日日皆妩媚，活在当下才是至理。

展开至此已甚明了，可以说诗歌是一种高度提炼人生的手段。诗词之路，就是在“述而不作，信而好古”的道路上，把点点滴滴的人生风景，百味俱陈，淋漓尽致地呈现在一己的心田，并营造出生活中不可或缺的美感。今人流行“生活里还有诗和远方”一说，煽情之余，实有道理。正是诗词里蕴藏的无穷魅力，使我们期期艾艾，与诗结缘。

三、游吟异域

世界之大，无奇不有。我二十岁别离故乡广州后，出国求学，之后工作，足迹也算绕了地球大半圈，从日本到北美，从加拿大到美国，阅读、工作和生活近三十年后，又回到了生养我的故土。读万卷书，行万里路，后半句的经历我是终于有了。那些在异国行走的日子里，能令我发现眼前的惊喜，以及回望故国风物的，多是诗词之功。好比是“命悬一线”，我的内在的命根，在高空飘扬中有幸没有成为断线的风筝。流离天下的心路历程，悲欣时时交织，反而成为了人生下半场倔强前行的食粮。这些经历连同异文化的碰撞和滋养，不断提醒督促着我奔走在学习诗歌的悠长道路上。

唐代鉴真和尚为日僧“山川异域，风月同天”的佛偈所动，立志东渡弘法，成就了千载功德。这两句话，我也秉持了几十年，深以为然。愚见于诗词而言，也是如此。每到一地，必见当地人文历史地理的特色，细究之下，兴味盎然，颇有山川异域，风月同天的感觉。得闲时也会写一两首自娱，或是翻译几首令人拍案叫绝的外国诗词曲调。本书最后一章，就是尝试译作的小集。

其实在异文化中有无尽的宝藏供我们去挖掘，为我们所用，极大丰富我们的表达方式和角度。比方说，我发现在中国历代诗词里，写及大海的诗词很少。一部周密的《绝妙好词》，搜索一个“海”字，基本上说的全是海棠。当然也有个别例外，例如曹操的《观沧海》：“秋风萧瑟，洪波涌起。日月之行，若出其中。星汉灿烂，若出其里。”又如唐张九龄的“海上生明月，天涯共此时”。这些不愧是千古名篇，如同突兀孤峰，似乎已让后来者“眼前有景道不得”了。

如此想来，也许是中华文化长时间偏离海洋的缘故，搜索枯肠，古典诗词对大海的描写甚是匮乏，到当代一阕“面朝大海，春暖花开”，便已独孤求败几无敌手了。反观西方，关于大海的诗句是澎湃无尽的，有赞颂其力量，也有借以讴歌爱情的美丽诗篇。例如爱尔兰诗人叶芝的《白鸟》，又如智利诗人聂鲁达的诗歌：

倚身在暮色里
我朝你海洋般的双眼
投掷我哀伤的网
你的双眼泛起涟漪
如靠近灯塔的海洋

我认为其表达能力多有在中国古典诗词尚未能至的境地。因此，持续向异文化学习，丰富国文的词汇量和表达方式，是一条语言文化持续创新的必由之路。记得旧日曾在墨西哥加勒比海岸边，在夜晚看到波涛上的月夜，深邃而又美丽，印象深刻，廓尔亡言，索句不得。多年后，忽然想到雨果《悲惨世界》里的“波涛与亡魂”一章，便来了灵感，写下了“月色照沧海，波涛千万魂”两句，勉强表达了当时所感。后来我常常想，异国文化真的是座丰富的宝藏，互相借鉴、比较、学习，不失为一条深化人生的康庄大道。

值本书出版之际，感谢妻子吴琦和家人数十年的厚爱以及朋友们的高谊，无以为报。无论际遇云泥，我将以感恩的心情，继续前行。感谢吉翠红、张晓冬、徐晓光等同学平日的鼓励和欣赏。感谢广东人民出版社李锐锋先生的鼓励和指导。寄望自己能一如从前，诗酒相伴，快乐地生活和工作下去。并切望读者诸君指正。

是为序。

高海阳

2017 年 11 月

# 目录

## 秋声集 72



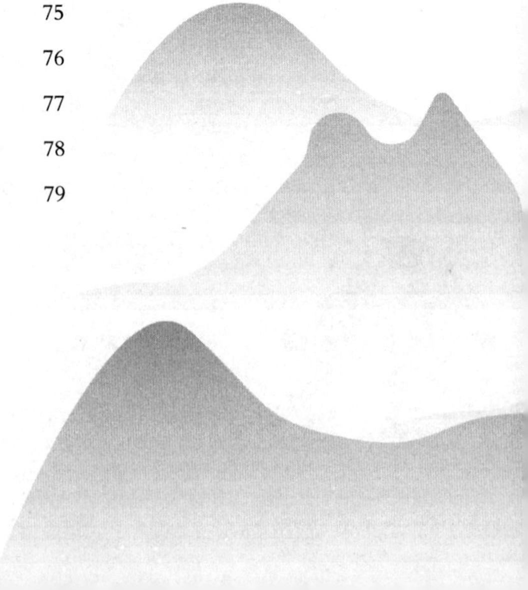

## 冬吟集　109

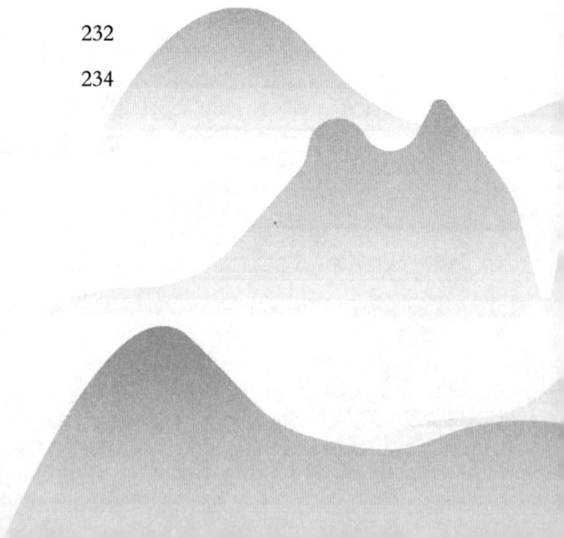

# 春晖集

# 述而不作

惊雷一声启蜇
梨花无言纷落
淅淅雨入江南
归来述而不作

远山新绿笼翠
平湖潋滟金波
长空碧蓝似洗
默然述而不作

山川殊迥异域
风月亘古蹉跎
冥王星际划过
永夜述而不作

无缘何遇斯世
有情世界婆娑
春廉灯影相念
遍寻述而不作

# 春　月

一杯一杯又一杯，
不辞满酌粉花飞。
痴痴夜照东山月，
数十流年刹那回。

# 六榕寺红棉

红棉此物亦相思，
四月云霞春觉迟。
花重英雄出南国，
情长儿女喜红脂。
今宵风雨易离落，
明日絮棉又抽丝。
百越天风宜驻足，
故园余影此虬枝。

# 维　港

最后一瞥维港
面朝一扇蓝色画窗
照见心里浅蓝的忧郁
那一刻红色的帆船正要归航

彼岸的楼宇已然成林
云雾起时隐去静默的山岗
海风撩拨着波的琴弦
细浪缓缓　来枕沙滩的膝上

黄昏呷着柠檬气息的清凉
水鸟勇敢掠过飘忽的斜阳
湿润的双眼如湿润的空气
湿润的黑发似弥漫的无常

此际依依作别维港
念此长夜你正整理行囊
日日夜夜是天空上的星辰
照在酣情而静谧的国境线上

# 贺新郎·惊蛰读史

万象从斯灭。

蹉跎间、随心去处，又逢春色。

雨住似闻风雷起，晨看梨花飞雪。

更四季，循环不绝。

斜柳嫩芽知天意，记当初、新绿满阡陌。

添黄酒，下弦月。

百年神慕江南客。

叩先贤、中兴未竟，壮怀激烈。

斗换乾坤云舒卷，一样落英时节。

凭霸气，初心如铁。

弹指匆匆今又是，正男儿、投笔歌热血。

待长啸，和琴瑟。

# 水调歌头·寒食

东风懒无力，晓雨湿新芽。
清明水岸天气，嫩绿映浮槎。
欲酹江南翠色，泛秀平湖沽酒，
一树落梨花。
堤上拂烟柳，依依就风斜。

平生意，难尽予，付天涯。
何时雨歇，辜负完似水韶华。
日暮层云苍狗，漫卷胸中块垒，又见赤城霞。
苔阶枕新月，合什入春茶。

# 日　子

我们的日子啊，象珍珠
一颗　一颗，分外明亮
在日影下　洒满心湖

我们的日子啊，象雨丝
淅淅　丝丝，湿润的夜晚
绵绵无尽　爱的归宿

我们的日子啊，象车舆
依依　依依，路过初春的杨柳
落花缀满了　年轮的轱辘

## 金缕曲·贺儿十四岁

小子执牛耳。

卷帘开、清声雏凤，玉成十四。

一日登临空海内，几段文章而已。

却未可，徒增骄气。

两岸风光眼前逝，挂云帆，直下追天际。

春易老，若飘絮！

少年当立平生志。

正从今，管他冬夏，但抒胸臆。

恨不身长攀百尺，流水春花我意。

谁理会，潮平潮起。

坦荡虚怀人间事，贯中西、今古同门第。

父远念，汝须记。

# 折桂令·惜春

愿春思远赴天涯，海角方圆，折戟沉沙。
落雁芳心，朝云出岫，暮色桃花。
莫叹那孤清月牙，但回眸昨日红霞。
秀燕谁家，一路呢喃，细唱风华。

# Forget me not

Forget me not

江南三月，蜜蜂曼舞

日影如琴键般起落

Forget me not

草长莺飞，空山寂寞

鸟声啾鸣，恍如隔世传歌

Forget me not

提灯一盏，照了你我

抿唇笑影，是桃花的错觉

## 立春曲

人间春天在身外，
世上春天在心里。
屋檐画角犹残雪，
垄上梅花已着蕊。
有情沧桑百样好，
无言诗酒千钟醉。
朝花夕拾知多少，
只见梦中月如水。

# 归谣

窗外偏见绿芭蕉，朝也潇潇，晚也潇潇。
疾驰似觉故乡遥，生似迢迢，逝似迢迢。
一期一会一柳梢，过得一宵，且过一宵。
南风扑面醉春晓，心里寥寥，梦里寥寥。

## 虞美人·春江水

青青山脉春江水，思忆从来碎。
桃花笑面映红霞，记得柳芽杨絮旧芳华。

而今广汉寒光下，星月寥寥也。
凛冬夜雪似无情，总是慈悲化雨滴前庭。

# 青玉案·离巢燕

离巢乳燕春风路，欲将手，天涯去。
别后回肠千百度，
朱颜忆旧，廿年儿女，唯候归来处。

蓦然骤觉韶华暮，独坐空阶觅无句，
只叹流离深少许。
目凝新柳，又飞杨絮，料着今宵雨。

# 春　分

江南暖日临春分，

隔岸桃花浅醉人。

惜看水流芳华短，

四月山樱落纷纷。

# 梅　枝

梅枝春满落江南，
细嗅朱颜一瞥难。
簇簇娉婷今日笑，
花心簌簌亦潺湲。

注：今日春暖，赏梅一悟：色彩和层深，除视觉作用外，也许和嗅觉直连。不闻其香，但嗅闻其颜色和深浅，于是色彩如花海蔓延无边。

# 悼念爱华友

爱忆红棉倚六榕，
华灯忽灭寒食中。
走尽世间五十路，
好人为何总如风！

怀人始觉无尽头，
念至灰烬两悠悠。
如许青烟莞尔去，
斯看落花水东流。

注：听了消息太震惊，无心做事。小时候爱华就喜欢谈诗，近年更每每给我温言鼓励。今不择韵律，写下几句，纪念爱华，愿她安息。

## 雪梅香·惊蛰春归

倚栏处，江山无限别穷冬。
叹年年相似，平湖远雁长空。
堤上新桃早知暖，柳芽初绿水流淙。
恰惊蛰，昨日元宵，一夜东风。

情浓。
晓云里，且系兰舟，坐望青峰。
最是销魂，醒时雨歇芳红。
寻问寒梅迹何在，冷香花色月明中。
春归矣，故国相思，一瞥朦胧。

# 心归何处

是否在此刻举案齐眉

屋上的黑瓦，屋外玄鸟初飞

溪流淙淙　在春天里

推开一扇心扉

愿你永住那里

掀开乳白的帏帷

啊，春色已渐迷离

我们相视举杯

相视举杯

佛说心应无所住

佛说心不喜不悲

我日夜求知格物

却如何格心

我的心　愿住你心里

其实　我们心住春日

在那里形影不离

晌午，日影修长

待至黄昏日暮

幽歌响起

那刻痛苦

若即若离

# 扬州慢·清明

寒食重临，晓云舒处，暮心已到扬州。
尽粉桃隔岸，凭绿柳垂悠。
恰晴日，春风带絮，过溪穿陌，犹自沉浮。
倚窗前，孤笛清声，幽燕江流。

十年羁客，任花开、花落枝头。
自醉梦江南，良宵总别，弯月西楼。
记得旧时杯酒，尊前看，烛泪难收。
但倾杯消受，明朝知向谁谋？

## 题桃花图

虬枝春满看桃红，
老树识时迎东风。
长住岭南知日永，
烂漫三月入花丛。

# 浣溪沙 ·忆1984

晓看红棉枝上头，
相思此物最浓愁，
青青四月倚江流。

怀士堂前春草绿，
翠裙过处笑声柔，
初飞乳燕上红楼。

# 天台山早春

一　早课

梆子敲梦起披衣，
法鼓渐急催步移。
五更念佛一日始，
僧众齐声诵药师。

二　古道

霞客当年登石梯，
落花瓣中踏春泥。
胸怀幽壑千万里，
行脚回眸过清溪。

三　菜花

赤城对望天台霞，
潺湲山溪向黄花。
国清寺旁满翠绿，
过客禅僧入新茶。

四 山中

半峰白云村人家，
神仙天上话桑麻。
浑然不晓世外事，
鸟瞰人生似无涯。

## 杭州法喜寺

一

雨后天竺绿荫前，
春桃隔世黄墙边。
眼波十年一流转，
合什无驻随青烟。

二

三生石上忆旧魂，
芳菲依旧性长存。
竹节幽篁钟神秀，
山麓寻遍此前身。

## 忆旧游·咏新荷

喜残冬殆尽，尖角新荷，随意亭亭。
夜露凝凉玉，倚莲叶嫩绿，不忍飘零。
感时别梦飞絮，相忆柳条青。
盼夏日粉红，连天翠碧，一觉蝉鸣。

春晴。晓云里，听万里潮来，湖浪须惊。
陌上花悄语，伴谁人吟诵，钱缪深情。
一枝玉立涟漪，兰草正欣荣。
又旭日红霞，群山静寂风送迎。

## 行香子·惊蛰泛舟

舟泛湖中，停棹翠峰。
平心处、山外无穷。
掠飞水鸟，堤岸葱笼。
有樱花粉，梨花白，桃花红。

晴明树影，复觉朦胧。
想当初、萍水相逢。
芳春多梦，愿与君同。
但寒风去，旗风暖，熏风浓。

## 满庭芳·雨夜水浒

暮雨寒楼，迷烟笼翠，坐等惊蛰初闻。
凛风如故，梅落也知春。
许汝一樽浊酒，只倚得、羁旅柴门。
相逢别，花开花落，何处不销魂！

浮云。
昔醉梦，浔阳阁壁，题反三军。
教辗转山河，豪气鲸吞。
谁使英雄末路？向江际、泪下纷纷。
从今后，南屏钟晚，杳影寂黄昏。

## 无　题

相见时难别亦难，
青山意重泪终弹。
寻常阡陌千依去，
婉转溪流一舍潸。
罗帐织愁时莞尔，
红衣将手总温寒。
春思此夜归无处，
还教离人梦绵缠。

# 声声慢·芳菲不远

芳菲不远，暮色灯笼，薄衣惯对星空。
闹肆城楼，今日夕照霞中。
朦胧月儿初挂，似心头，塞北春风。
忆旧日，荡舟湖上过，辞赋情浓。

归醉心思如水，霜白长伫立，始知寒冬。
炫舞升平，徒唱李广难封。
笳声犹闻渐远，卷黄沙，极目苍穹。
还把酒，坐阶前一酹英雄。

## 金盏子令·夜行

梅花暗素，尚留春色未剪裁。
明朝远去，行千山万壑，雪霁云开。

月圆照彻，衷曲昨日，倩影常怀。
但满园，桃红柳绿，映上心来。

# 春　雨

在暮春的雨中款款而行

那是春天的颜色吗

天青色的伞下黑发成髻

枣红色的伞下落花如云

一阵风把青与红的雨滴合拢

淅沥淅沥的飘洒

滴落在新绿的心庭

# 金缕曲·过惊蛰

雪雨兼旬久。

正寒冬，淅淅午夜，悄然凉透。

十载飘零白华发，只识情怀依旧。

何处问，家中安否？

乍梦春风吹阡陌，更徒添，伫望愁千斗。

心事远，怎开口？

惊雷甫起云拂袖。

只梨花，素白一片，落时纷就。

独望湖山今灰暗，初老唯须饮酒。

情但寄，风中斜柳。

踏遍江南无着处，笑余生，吟罢低眉首。

待舞剑，月明后。

# 寻天竺

我有一壶酒，
足以慰风尘。
弄影寻天竺，
琴居伴法云。
修篁听雨绿，
永日卧山阴。
今夜看新月，
此时唯识君。

## 菩萨蛮·归乡

当年乳燕飞檐壁，离巢只道归时识。
昨日雨霖铃，起看新故城。

江心方日暮，乌鹊鸣花树。
何处觅双亲，木棉红晓昏。

# 题木棉花

春风忽上越王台，

旭日珊瑚次第开。

最是岭南烽火树，

故城心气自兹来。

# 金缕曲·春夜

醉恨无穷已。
坐灯前，悠悠长夜，冷愁交织。
无数经年断片事，真个时时相忆。
偏倾洒，今宵月色。
杯酒难平心中意，却华灯初上总相觅。
明灭处，惹悲戚。

乌啼每叹晨鸣镝。
但觅寻，晓风荷叶，眸凝珠滴。
谁教残月青天里，别样情深海碧。
又见那，山河历历。
不舍光阴如逝水，只春思尽处桃花寂。
还屈指，过寒食。

## 金盏子令·江南

惊雷渐远，遍寻春色数黄花。

归来水岸，过江南浅绿，一叶浮槎。

东风暖候，寒食新柳，秀燕红楼。

但满杯，离离陌上，醉入心头。

## 青玉案·立春

年年春色谁同度，早梅俏，江南暮，
昨日微风吹绮户。
寒烟笼柳，冬云不驻，垄上潇潇雨。

开弓莫顾回头路，点检生平未行处。
自信青山花万树。
光阴何在？倾杯而去，犹唱黄金缕。

## 青玉案·再和唱立春

湿苔青石三生度。看云起，连朝暮。
春月倾辉千万户。
铅华荣辱，浮萍难驻，不敌池塘雨。

人间尽有寻常路，却向天涯觅归处。
脉脉斜阳鸦绕树。
两三情绪，且由他去，梦作黄金缕。

# 繁　花

停杯掷笔莫迟疑，
作茧诗文唱竹枝。
几度春雷惊别恨，
何时明月满秋池。
一年四季自流转，
百折三生长叹之。
天上人间徒仰望，
繁花火焰照红衣。

# 贺新郎·布谷斜阳

布谷斜阳觅。
柳棉吹，年华半百，不曾将息。
风过前溪花飞落，又是兰舟待楫。
更放眼，天空蓝色。
北去南来终不倦，问杳鸿去路如何识。
尝百难，翅重织。

登楼自诩高千尺。
拙于前，韧持在后，自当循迹。
山外崎岖无常旅，回首层林萧瑟。
一片片，梨花荣寂。
时暮惜春春不住，眺青云荒海枯松碧。
心宇广，无从匿。

# 夏花集

# 过杭州

微风细雨入杭州，
烟柳低眉分外愁。
寺里山桃知故往，
堂前旧燕念王侯。
缓归春盛钱王老，
小坐花开野陌柔。
天色湖光寻遍了，
三生石上梦悠悠。

## 咏宝石山

恋恋青山绿，
摇摇陌上花。
钱王朝望远，
保俶晚流霞。
永日风吹故，
今宵月降纱。
千年无处觅，
何必总寻他。

# 杂忆

又觉长街汹涌时，
热血华年已霜丝。
漫浪东瀛多感泪，
神奔故国尽朱旗。
豪雄遑让穷图匕，
磊落分明异域诗。
燃罢心灯难入寐，
烛光一点梦戎衣。

注：用鲁迅诗韵脚。

## 端午夜思

东风初夏入幽窗，
千里心魂梦断肠。
夜澜忽觉君应在，
蛙声一片满池塘。

# 地　图

在朱槿花绽放的前昼
当椰子从树上落离的时候
爱情蓝蓝的漂流到边境的小岛
温润的海风已把地图次第吹走

歌德说五月是恋爱的季节
而四月的云彩正为你停留
愿牵你手在苍穹下流放
细嗅蔷薇　幸福可有尽头

## 少年游·珠江口怀古

崖门黑水昼夜流，荒海鸟鸣啾。
雄心灰弃，金戈铁马，千载恨悠悠。

伶仃洋上残阳赤，天道岂人谋！
凄凄芳草，横琴风物，白尽少年头。

## 江城子·六榕寺谒母

慈母灵牌壁上头，思面影，已无求。
兼旬淫雨，透绿乱枝虬。
休话生死长已矣，频合掌，泪轻收。

何须催发系兰舟，但登楼，试忘忧。
浮生日短，倚看水东流。
料得樱桃须落尽，曾携手，少时游。

## 江城子·寄嘉仁兄

千金不买少年谊，六榕居，将军西。
潇潇蕉叶，金钟白云低。
越陌穿街南旧国，桃夹竹，粉红衣。

年来半百更相知，月明兹，白青丝。
一江春水，风晚送归期。
相见欢颜长促膝，宜对饮，醉如泥。

## 生日感怀

半百重怀赤子心，
花明柳暗又逢津。
慈母早亡感时泪，
乳燕初飞别后亲。
万里山川俱成友，
云泥际遇但铭恩。
半坡尚作南山梦，
世事如棋局局新。

# 贺新凉·怀逝友

断线何如续。

沐晨昏、数回寒暑，感犹中戚。

年少欢愉同翩翩，仰望云舒几缕。

又看尽，晴川历历。

劳燕分飞飞何处，恨桃花人面都空碧。

多少事，映心底。

风筝远折青山里。

更徒添、别离万种，怅怀难抑。

山外他人歌已竟，唯独前谊隔世。

一幕幕、缓缓剪取。

但记夏花如荼日，把暮云夕照皆收去。

凭旧梦，向天祭。

# 满庭芳·夏至

梅雨悄临，兼逢端午，夜来相醉一场。
软红湿絮，潮急泛萍江。
深绿江南满目，看玄鸟，旧宿谢王。
凭栏处，沉吟屈子，斑竹泪潇湘。

何妨，
千载过，船舟舞鼓，只剩铿锵。
问居士英雄，还要彷徨？
苔石空樽酹月，只梦里，国士无双。
歌声起，伊人肠断，帆影远天光。

# 思远人·同学聚会

一念三更别梦织，婵月旧时碧。
又南风醉醒，芭蕉青叶，窗外惹思忆。

故人相遇如初识，枉叹长相觅。
正夏水东流，渐情酣处，潇潇晚潮急。

## 金盏子令·雨游千岛湖

平湖浪起，正长烟雨天尽头。

乌云碧落，看朦胧岛屿，竟日沉浮。

一行击水，天堑同渡，风雨来游。

但逐波，回眸是岸，宿醉难留！

## 越秀山怀古

秦时杨柳旧枝条，
越王高台忆舜尧。
有史百年堪汉武，
无心五世断廊桥。
八风甫觉旌旗动，
六祖明言意念摇。
乍梦儿时竟何在，
秀山珠水落霞烧。

# 过冲绳

剑鸣不已唤惊雷，
中山王侯荒草堆。
轻瞥秋初留雁影，
遍观海内尽争灾。
黑船佩里犹为鉴，
跳客安倍不识哀。
今日琉球多殊胜，
百年潮汐去还来。

## 虞美人·七夕

东南气韵一江水，落日如盘坠。
安得羽翼渡红霞，犹记年来寂寞碎如花。

遥遥星汉谁人共，今夜风相送。
烛光倩影几回眸？唯有一弯新月照西楼。

# 金盏子令·寄旧

惊鸿初掠，十年思绪总由他。

相逢似水，趁蝉鸣日暖，花影融洽。

朱颜宛若，浮萍无意，旧梦流沙。

叹世间，缁尘满目，咫尺天涯！

# 晓　行

晨星总照越天孤，
游梦依稀风急徂。
新月弦钩多感泪，
晓荷野露亦荒芜。
绕梁不舍啼玄鸟，
到此苍茫恨鹧鸪。
乔木葱葱今又是，
篷山别后见歧途。

## 虞美人·再赋七夕

银河俯舀一瓢水，最是痴情醉。

盈盈衣袂舞飞霞，犹见朱颜世世似桃花。

鹊桥逢别金风送，秋露知凝重。

蟾蜍今夜下弦钩，常恨年年能得几回眸。

# 夏　至

孤灯明屋舍，
池畔听蛙鸣。
风晚生涟漪，
草长隐火萤。
夏来方一日，
春去似千程。
梦里幽人泪，
飞鸥过洞庭。

# 行香子·淳安行

雨歇清晨，飞渡层云。
看浮槎，似幻成真。
数游千岛，缓过山阴，
写一湖愁，一湖绿，一湖心。

归来我自，斯世何寻。
算严陵，垂钓幽人。
决眦白鸟，无意称臣，
画前山黛，远山淡，晓山新。

# 题蓝球队师友重聚

东大球场何处寻，
校园春径树森森。
譬如苔绿着青色，
彷佛豪雄吹哨音。
廿载谨从师友教，
四年流汗队员心。
今宵有酒今宵醉，
毋使空樽对故襟。

注：用了“锦官城外柏森森”韵脚。

# 送　别

夏日花辞树，
庭前月照人。
渡洋千万里，
决眦二三云。
数日即为别，
何时再遇君。
微风凉昨夜，
行脚已兼旬。

# 仲　夏

又当驻足望山时，
还记中宵月西移。
暗觑天遥灯色晚，
流连地故晓风迟。
纯看星斗知高意，
遍拍栏杆寄远思。
侧耳似闻潇潇雨，
云舒云卷任由之。

# 行香子·寄浅野翁

夏日蛙虫，翘望飞鸿。

想当初，击鼓歌融。

酒酣枕梦，插剑沙中。

叹士无文，王无勇，恨无穷。

如今情意，经年偏浓。

算韶华，太过匆匆。

山川域异，风月天同。

只鬓云远，烟云渺，雨云重。

注：友情不分年龄国界，亦无需密密过从。认识日本浅野老人时，我尚弱冠，先生已过花甲。一别近三十年间仅见过一面。近日先生九十四岁高龄终于出版新书,得以完成对其前辈的嘱托。又托人捎赠书与我。回赠以绿茶一盒，并翻出三十年前先生唱歌时我当场速记下来的歌词纸笺一页，一并托人带去奉上。忘年之交，感恩知己，生不能忘。

## 人月圆·示儿

醒来不觉青衫湿，拂晓月圆时。
晨风扰梦，朝花露重，伫立荷池。

廿年日夜，一生父子，半世相知。
乾坤定矣，期期艾艾，钟鼓鸣之。

# 秋声集

## 题五云山银杏

踏破琅珰岭，
秋深叶正黄。
饮茶银杏下，
合掌黛峰旁。
竹径犹残绿，
松声已早霜。
千年多少事，
逢别两茫茫。

## 月当窗·夜归

银华泻雪，子夜观凉月。
常梦碧云无驻，巴掌大，梧桐叶。

只豪情不灭，待闻鸡再歇。
秋菊晓黄一片，记夙愿，难言说。

## 木兰花·秋樱

重阳景物登高见，
看尽秋山风沐面。
素知菊后更无花，
谁料秋樱开烂漫。

白云遥寄心思远，
晓冷霜晴犹顾盼。
当年慈母共游春，
识取此朝花色暖。

# 凤凰台上忆吹箫·深秋

天远深秋，叶黄思故，雁飞翻悔从头。

比翼层林暮，落脚沙洲。

今夜眉梢似恨，红烛泪，滴个不休。

当窗月，西风吹梦，皎洁如钩。

勾留。

几多岁月，凭拍遍栏杆，尽饮高楼。

问别来安否，犹记青羞。

谁料山重水复，一寸寸，折断离愁。

从今去，徐徐望回，且系兰舟。

## 定风波·初谒天台

隋塔山居近天台，风蚀棱角物觉哀，
老柏双垂斜对语，不遇，国清寺里古梅开。

寻觅半生今始来，深爱，空山寂寞却释怀。
长坐庭前思智者，无我，也谈风月也啖斋。

# 京华两章

一

京华别春翠，
秋月渐晴圆。
走马红墙外，
平心听枯蝉。
四时歌好日，
三界袅轻烟。
柳下怀人醉，
微风几世前。

二

故人备轻食，
风暖似还家。
夕照红楼老，
蟾蜍柳影斜。
清辉铺阡陌，
落叶话桑麻。
羁客风尘眼，
重阳看菊花。

注：用王维和孟浩然韵。

## 九一八述怀

少觉东瀛盘远方，
一衣带水雾中藏。
书生意气成当日，
没落河山向寂阳。
誓鸟冤禽同一体，
和平惨胜俱炎凉。
满眼黄菊秋荣处，
一片晴明是故乡。

注：步寅恪先生忆故居诗韵。誓鸟冤禽指汪精卫。

## 行香子·秋吟

陌上花裳，转眼秋黄。
缓归矣，意淡麻桑。
绿波泛影，细叶红妆，
只佳人去，幽人立，故人伤。

月明柳暗，风隐桂香。
记当初，信步湖旁。
而今江际，青灯成行，
独水声碎，舟声拙，心声茫。

## 相见欢·沪上秋

微风桂子飘流，是清秋。
深巷梧桐衰叶、醉相留。

经年叹，夕阳懒，数白头。
陌上吴侬软语、惹乡愁。

## 唐多令·再谒天台

红叶散南山，忧深秋寺闲。

愿西风，吹动经幡。

霞落黄墙僧肃穆，梵音起，抖青衫。

隋塔傲千年，草枯连旧砖。

念沧桑，初见时难。

日暮披霜梅弄影，照荣辱，月清寒。

# 七律·成都一章

锦官城外晓云低，
麟石青阶汉韵遗。
阿斗空留先帝托，
韦皋幸见骆公齐。
子龙塘洗将军马，
诸葛祠温丞相师。
治乱兴亡千载问，
不如复醉浣花溪。

# 浣溪沙·蟹客行

一夜秋风凉蟹肥，
平湖光漾碎红堆，
微明渔火却思谁。

犬吠楼廊知异客，
俄倾添酒笑相随。
上弦新月照君回。

## 长相思·夜寺

鸟半声，风半声，
夜月披霜峰上明，勾留是此情。

醉难成，梦难成，
窗外花香幽满庭，秋深入五更。

## 悼周剑同学

黄菊萧荣正秋时，
此花开后难有诗。
一别泪下伤半百，
心中尽是年十七。

# 寄　怀

自从当日赋吹萧，
一往情深伫望遥。
沐此凉风思昨夜，
为谁洒泪起深宵。
蹉跎远地心中茧，
辗转伤神垄上蕉。
何奈应知奈何苦，
相缠千里意难消。

注：和黄景仁《绮怀》诗。

# 三秋桂

三秋育桂子，
天际青无穷。
信步繁城外，
花香飘满陇。
谁言香隔世，
敢教月明空。
月霁幽人醉，
江南画意中。

# 秋日抒怀

秋风转眼唱萧时，
老柳残荷夏藕丝。
天有阴云迷乱眼，
余持孤论酹红旗。
人间似水亦复梦，
世事如棋还若诗。
点检平生难尽处，
灯前借酒醉青衣。

# 忆故园

晨曦淡照天尽头，
碧树白云两悠悠。
琴韵希音堪重诉，
锦心托梦对江浮。
华章写处犹年少，
胜意当时未识愁。
三十年前无限意，
家山一别水西流。

## 菩萨蛮·重阳

重阳时节秋风切，苍山如黛残阳血。
幽桂沁东庭，离人歌复行。

萧荣原上菊，寂灭无穷促。
岁晚伴蟾蜍，岭南听鹧鸪。

## 谒天台

天台雾锁着浓墨，
一日山中千载闲。
早课诚心药师佛，
黄墙落叶国清山。
乡僧扫塔丹枫静，
细雨犹听涧水潺。
飞鸟归林萧瑟处，
又吟秋色入斑斓。

# 中秋寄怀

今夜月沉望不明，
天涯相隔总关情。
风吹秋雨心同热，
酒入愁肠梦不成。
忽记匆匆乡国路，
还听脉脉远蝉声。
相思寄语无穷尽，
吐哺绮怀落叶惊。

# 唐多令·校友日重聚

长看水流东，南来归杳鸿。

三十年、怅眼杯空。

芳草如茵朱颜在，歌声起，倚秋风。

感泪动音容，韶华何忽匆。

刹那间朝露相逢。

竟日阶前天色暮，下弦月，影朦胧。

# 人月圆·秋夜

月圆偏教青衫湿，秋夜足徘徊。
梧桐叶落，车声似雨，露白高台。

擎杯推盏，奈何逢别，风雨常来。
蟾蜍何在？人生似水，还唱秦淮。

# 西　溪

溪秀呈野趣，
古樟待客归。
茭芦惊水鸟，
莲叶跃鱼肥。
秋雪庵斜泊，
小红韵娇随。
江南炊烟里，
落日映霞飞。

注：西溪水乡，最宜归隐。蒋村头古樟遮日，余曾饮茶树下。芦苇交掩，在秋雪庵处乱成真趣。泛舟溪上，适鲈鱼跃入舟中，喜不期而获。黄昏时分炊烟袅袅，心生向往，人间至乐也。又想起姜白石“小红低唱我吹箫”句，风情无限。

## 江城子·立秋

梧桐斑驳夏尽头，渐心悠，待临秋。
推窗深绿，夕照不胜收。
最爱白云飘逸处，柔若手，抚绫绸。

年来辗转忆难休，系莲舟，望湖楼。
前代怅恨，都付旧风流。
昨梦依稀方枕月，朦胧夜，柳含羞。

## 烛影摇红·三生石

桐叶知秋。

转塔轮，千古事，说还休。

梵音方尽纸灰起，一念原风流。

独度三生身后。

只顽石，悲欣点透。

桂花开罢，夜月浓时，青灯如豆。

## 谒金门·上天竺小僧

别无语，僧梦天台龙树。

父母临行频作揖，叶黄秋满目。

今夜蒲团静坐，此去木鱼声促。

身后天竺寻已遍，断肠青山麓。

## 浪淘沙·晚秋

霜降正如烟，凉步江山，归来总觉梦无边。
故影重重都似见，百味心田。

玄鸟掠牙檐，听绝寒蝉，挑灯今夜已无眠。
岁晚流云如刍狗，秋水连天。

# 忆旧游·白露

记烟笼白露，淡月松霜，风起今宵。
正晚来桐雨，似前尘旧影，又见芭蕉。
不曾忘得青绿，心意总潇潇。
忆夏日流萤，奔波羁旅，锦瑟还娇。

悄悄，问鸿雁，只北去南来，曾几扶摇。
老翅徒憔悴，叹汾阳荒冢，难禁魂销。
怅愁须看黄菊，秋色满眉梢。
但负笈归途，凉风永日天水迢。

## 早　行

夏尽秋来浑忘春，
故城旧影早行人。
凉风有信起萧意，
思念无边连淡晨。
白露欲来深宵短，
街灯明灭晓天新。
抽丝岁月不堪老，
莞尔从来一抿唇。

## 虎　丘

一

小吴轩处叹秋风
远望姑苏逢立冬
一样凄凄旧城郭
千年落得四时空

二

小鲁昔人登泰山
徘徊吴地意茫然
流溪惹得乡愁发
却梦素馨花市前

注：昔孟子登东山而小鲁，今人上虎丘而小吴。风物既异，江山如旧。看小桥流水的秀气，偏教人想起故乡（广东）的花。据说明清时一大早满城叫卖白色的素馨花，却是不复见的广州昔时景物了。

## 凤凰台上忆吹箫·登越台

候鸟南来，迢迢千里，故枝寻觅秋间。
怎禁得，长风吹水，一片波澜。
驻足旧园落日，花尽处，桐叶斑斑。
须晴日，却登越台，待我凭栏。

年来四时流转，如饮水，拳拳冷暖情关。
又相伴，书灯烛影，静坐蒲团。
世本辎尘满目，且披衣，几许清寒。
都还与，远处未老青山。

## 题芦花

浅白芦花秋雪纷，
水鸥掠入杳无痕。
随风拈得断肠意，
谁识眼前萧索人。

# 立　秋

蝉声渐薄，仅剩远鸣。
树木深绿，思绪无形。
夏梦千里，咫尺秋盈。
竟无言处，风起青萍。
青萍之末，苍水流阔。
心雄在彼，四海囊括。
纯然我心，存志遍寻。
翻山越岭，终为希音。
安得快意，秋月照人。
不舍昼夜，韶华无痕！

## 水调歌头·答友

追忆华都夜，豪饮肆堂厅。
旧时花火微亮，明灭黯然停。
我自归来故地，细看琼台凤阁，柳叶剪刀形。
片片削秋色，隐隐劫风听。

笑当时，春天里，好争鸣。
心雄今日何在？无据倚栏凭。
一卷春花秋月，一卷英雄救美，一卷烂柯经。
无语向空揖，吟罢复前行。

# 咏　桂

年少不知多幻相，
木樨花亦九重香。
闻时刹那出天外，
去了须臾觉世凉。
岁晚鹧鸪啼桂影，
秋深蟾月照桥廊。
无端勾起乡愁远，
着色乡愁当淡黄。

注：桂花，又叫木樨花、岩桂、九里香等，颇多名相，易为所迷。然而一旦其香飘来，那瞬间形相俱散，真如浮出，便知道那就是桂香。色香一体，淡黄渐现，乡愁油然而生，那个挂念便如影随形，萦绕不绝，仿如隔世，感触满怀。

# 冬吟集

# 初冬

一

渐起北风桐叶枯，
朝霞满目日为呼。
白云露出青天意，
黄杏痴成冬影疏。
收拾行囊时蚀骨，
吟哦拂晓偶听书。
此间欲抵天寒彻，
煮酒还须暖炭炉。

二

山水长流心未枯，
酒尝乍枕已鼾呼。
今时豪杰多虚梦，
旧日名流只上疏。
烈士无文犹风骨，
青松有意伴诗书。
江东不肯过为鲫，
重拾烬灰自熏炉。

注：步宋朝诗人紫金霜初冬诗韵。

# 雨霖铃

相逢日听雨霖铃，
数十华年白发成。
料峭江南仍冬凛，
蹉跎阅历忆春情。
朦胧醉看心如玉，
翻覆流离意比萍。
一刻欢颜光阴短，
今宵点烛到天明。

## 蝶恋花·雪夜

意寄苦寒雪积厚，皑皑林间子夜如白昼。
石塔青灯明灭久，中宵伫立谁人候。

天色暗时风急骤，旧梦前尘静坐蒲团守。
雪落暖心君解否？樽前山寺听更漏。

## 咏梅小诗

【红梅】（于杭州植物园）

红梅有重色，
数点成大家。
可叹春风恶，
争艳犯桃花。

【白梅】（于三台山于谦祠堂）

于公祠前梅，
素白若石灰。
常怀故人志，
点点唤春归。

【黄梅】（于日本镰仓东庆寺）

黄梅开佛庭，
瓣瓣聚梵声。
初心如何结，
修此万劫情。

【粉梅】（于杭州学士居）

人云百花先，
今世粉桃颜。
同颜不同命，
苦寒愈娇妍。

【腊梅】（于上海世纪公园）

昨夜听风雨，
湿寒腊梅花。
伤心强嫣笑，
伏目向谁家。

## 定风波 · 冬至偶咏

横看夕阳隐昔年，晴明弯月挂新天。

倦鸟归林声唱晚，渐远，斜晖脉脉映屋檐。

霜降今宵薄似烟，还念，朦胧灯影透春帘。

温酒三巡辞旧岁，如水，夜披银色梦无边。

# 冬日归国途中

又逢寒夜望春时，

偶感流年若茧丝。

六载孤臣堪涩泪，

一朝重典耀王旗。

纵横方尽平生志，

辗转甫成破晓诗。

绿水青山垂钓处，

子陵台上一蓑衣。

# 九　溪

一

冬曦何恋恋，
茶畑尚田田。
叶落松针路，
峰回溪水间。
修心凝春碧，
洗耳听寒泉。
生若黄粱梦，
清茗一杯还。

二

群山益苍翠，

一若碧苔潭。

溪水含真意，

缓冲少日蛮。

清清无尽处，

婉转复潺湲。

信步山中去，

归来悟了凡。

注：九溪连接钱塘江岸五云山麓和老龙井村。两侧峰峦叠嶂，余曲园所云“重重叠叠树，叮叮当当泉”，是也。四时景色各异，尤以雨后为绝。

# 南乡子·元宵

顾影舞樽前，雪落寒江尽寂然。

红软春灯花市夜，绵绵，一梦清波门外边。

往事总如烟，漫看红梅雪后妍。

犹记荷花八月暖，田田，拍遍栏杆浅醉天。

## 梅弄影·冬晴

凛然冬寄，万物留肃意，一望天蓝若洗。
只影幽人，雁啼同向西。

倚栏残曲，唱罢寒霜去，日照河山堪记。
小雪寻梅，风平春待觅。

## 忆旧游·冬至忆母

又寒潮凛冽，败叶梧桐，枯即飘离。
季鸟无踪迹，叹春花不再，夏尽秋迟。
北风水岸犹冷，杨柳半青丝。
纵劲草浮萍，一期际遇，几许消息？

沉迷，恰冬至，似夜雾悄来，露白庭西。
梦里东窗烛，正行囊收拾、慈母依稀。
索然乍醒翻坐，明月照孤枝。
更晓角霜天，从前旧事搔首低。

# 俄罗斯途中

一

难得雪夜至俄城，
重云直压千里冰。
凛凛耳中溯风烈，
萧萧心头蕉叶青。
足下踟蹰极北地，
眼前跃动道德经。
郊外黄昏故音远，
暗里且又兼一程。

二

百年辎重行未古，
欧亚大陆今沉浮。
强兵骄民不为继，
乱世重典势终孤。
野蛮未必荒夷地，
雅量如何不丈夫。
纷纷雪落有真意，
衾冷今宵宜读书。

注：机中读道德经，如沐春风。窗外茫茫冰原肃杀，仿如强权和大国烹小鲜之比。

# 岁末

一

此际多为别，
回眸觉梦空。
亡言云影下，
廓尔笛声中。
异地须臾远，
流年朗月同。
岁时迎至日，
行处起凉风。

二

欲写如梦令，
复吟蝶恋花。
少年乘怒马，
初老泊浮槎。
踏雪寻鸿爪，
围炉入酒茶。
但存心性在，
欢喜似无涯。

# 冬至偶感

时时佳节为羁客，
每每天边月照人。
奔走长途多怨患，
踟蹰咫尺自知亲。
偶吟激节听风月，
常仰星空看北宸。
冬至催君辞晚岁，
怅然何事读楚秦。

注：步杜甫诗韵。

# 观　山

山居三两日，

天气已非秋。

云顶盘青绿，

翠峰绕淡愁。

花心无苦语，

日影有温柔。

自叹风尘眼，

南来白鹭洲。

## 谒金门·粤东路

晨曦薄，车过粤东犄角。
垄上炊烟还焦灼，芭蕉徒萧索。

三两耕牛寂寞，彪悍水穷山恶。
安得出船心意确，海潮连碧落。

## 清平乐·伶仃洋

斜阳满目，群鸟归心促。
一片汪洋如大陆，只道伶仃孤独。

江山今日怆愁，云霞灿烂不休。
端酒千钟欲醉，海潮漫上心头。

# 广州过年有感

一

少小离乡半百还，
花街多卖蝴蝶兰。
莫言素馨寻不见，
灯火阑珊觅岭南。

二

近看故园小蛮腰，
心中尽是海珠桥。
三十年来多少事，
紫荆花开犹窈窕。

三

归期常念怯常归，
物是人非原已非。
年年迎得新模样，
辞旧当知无旧追。

四

沉吟良久看紫荆，
花色如故鬓霜星。
老榕垂髯徒怅望，
潇急江潮何时平。

## 蝶恋花·年关近

对酌江头君叩问，苍水潸然只顾东流尽。
山路鹧鸪啼断阵，行不得也哥哥恨。

怒马鲜花何处论，春去春来羁旅多愁顿。
枕剑鼻鼾高欲困，薄衣且醉年关近。

## 菩萨蛮·黄梅

黄梅厚重无飞絮，寒山遍落深冬雨。
雨后向东墙，霖铃犹隐香。

果真常梦见，竟是何人面。
古寺柏森森，西风轻掩门。

# 金缕曲·留别

冷月悬西屋。

又谁堪，陡增别意，情谊翻读。

谈笑杯间任交错，相识从无侧目。

转眼间，蹉跎数六。

朝夕齐眉青书案，到如今夜话围炉笃。

君默语，似温玉。

一期一会光阴速。

忆当年，西行印度，又吟新竹。

毗决陈师空海外，举盏时时相祝。

千万事，灯前感触。

醉问初心何寻觅，枉教人思绪重重束。

还拾梦，起追逐。

# 霜　降

拂晓转霜降，

晨曦远地花。

旅途逢半百，

琴韵赠天涯。

新月明如昨，

寒星醉笼沙。

高秋寻胜意，

爽气菊枝华。

## 寒　露

凄凄芳草老，
唧唧夜虫鸣。
蝉落归寒土，
露清浸西庭。
一期叹一会，
流转失流萤。
圆月思秋意，
凉风有咳声。

# 跑步集

# 跑步场景几则

## 酒后跑

酒醒看咕咚，对影成三人。

真我自非有，心上柳拂尘。

## 月夜跑

风吹平湖水，月照青衣人。

蹉跎在岐路，一行已绝尘。

## 雨中跑

慈悲总化雨，恩深同路人。

执象求千里，风露浥无尘。

## 集体跑

马群浴朝日，红巾笑可人。

漫游陌上花，行者惯风尘。

## 黄金缕·扬州马

褪尽铅华终独步。

三月烟花，但走扬州路。

径转曲桥春色暮，不辞满酌云和树。

湖畔垂杨风柳絮。

休折离愁，却系兰舟处。

回望河山皆远去，疾行青史行还住。

## 丑奴儿·夏至跑步

遍寻初夏觅不得，雨歇还来。
雨歇还来，走马梧桐绿掩台。

车声听似蝉声回，顿觉莲开。
顿觉莲开，一托田田出尘埃。

## 跑三伏天

一寸光阴一寸长，
两耳夏蝉鸣两厢。
三伏走马唏嘘处，
半得烈日半清凉。

## 都江堰马，用放翁韵

一

连绵春夜月沉西，
晓走落英醉陌泥。
此串檀珠缘不断，
法云飘向浣花溪。

二

滔滔江水已行西，
际遇浮生数云泥。
蜀守奔忙天下事，
青城山上尽青溪。

## 相见欢·跑杭马

北山烟雨空濛，马拉松。
寂寞旧时杨柳、老秋风。

西湖畔，残荷乱，影瞳瞳。
听似玉皇山麓、翠屏钟。

# 金缕曲·记滴水湖赛

此日期盼久。

看如今，眼中热意，感同君受。

远眺长桥连东海，拂过堤边孤柳。

俱欲往，齐瞻马首。

晨雨方歇秋风起，且好生慢煮青梅酒。

长立志，素缄口。

晚星隐见黄昏后。

咋初凉，斜晖一抹，去时挥就。

白露苍水奔高穹，天地玲珑剔透。

行难已，冠灯如豆。

共赴旅程成挚友，问明年今夜依然否。

千万阙，但相守。

# 金盏子令·冬雨

淅淅雪雨，几番零落腊梅花。
街角伫凝，见人生似水，寂寞谁家。

霜风疾走，迷雾笼翠，秃树寒鸦。
兴起时，湿衣作暖，本也无他。

## 一七令

奔，

旖丽，一生。

勤走马，数晨昏。

青春永日，远眺白云。

拈花尝苦乐，对镜拭微尘。

放下百千情绪，步履英气鲸吞。

冬梅春桃次第开，变作烂漫一红巾。

## 赏梅跑步

众里偏爱汝不群，

马蹄踏香至郊林。

奔来眼底知春意，

腾望桥头慕红云。

二人相惜应如是，

零落独顾不复寻。

一枝聘婷犹庄重，

四时但记寒日恩。

# 光影集

# 四季歌

春光姗姗，陌上花烂漫，
粉桃绽放，映照飘忽的红颜。

夏日炎炎，那枝上的枯蝉，
风铃叮当，远眺清凉的远山。

秋风如剪，吹落梧桐的轻叹，
众生金黄，等待月圆的悲欢。

冬至肃然，曾记往昔的温暖，
白雪纷飞，默守洁净的人间。

# 杯酒令

一

手中一杯酒，足以慰风尘。
相思两滴泪，俯首心上人。
莫言夜夜短，日月温玉心。
相对多少意，垂帘影深深。

二

再添一壶酒，聊以慰风尘。
天涯每寒热，何处觅芳心。
咫尺把君手，衷肠托纤云。
眼波倘流转，泪湖水森森。

三

谁人劝我酒，徒言慰风尘。
须知情深处，汾阳雁不群。
杜鹃春啼血，精卫杳无痕。
独对一星汉，涕下抱乾坤。

四

斯人亦斟酒，相看涤风尘。
久久无一语，了了儿女心。
生生何多苦，恋恋旧精魂。
痴痴怀慕影，牢牢抚君恩。

五

狂歌本欲笑，泪下挹轻尘。
今宵频举盏，情尽自伤神。
醉里黯故日，衾冷每忆君。
花开逢风雨，离落一路人！

## 河　流

我们沉溺的爱的河流
这边分离，那边聚首
我们负笈泅渡
湍急河水不会一刻停留

左岸是忘情相拥
也忘记了年月或是秒钟
浑然不觉那些消失的岁月
旁边是早已忘却的柳绿桃红

彼岸有离离原上草
散发着离别的味道
月亮的背面缀了滴泪的星光
星星的幽幽是爱的祈祷

哪怕流向时光的永劫
我们坠入了爱的河流
我们痴痴的泅渡
此处分明是幸福的沙洲

# 飞去来器 Boomerang

一如你前世飞出的
Boomerang
回旋似今生的归去来兮
越过轮回的清流
重拾缘起的种子
只见精魂随微风轻轻跃起
平衡并摇曳着旷世的轨迹
一切由你白皙的臂膀挥出
悠悠地流转回幽幽的怀里
眼波缓缓地随之山重水复
千百次回眸分明有泪痕迹
一如你前世飞出的
Boomerang
啊　今夕何夕

# 梦　境

在拂晓前的昏暗里
我的双眼　片刻布满云翳
梦中揖别一座城池
正顶戴着满城风雨　离去
那风雨是我的
而我　是你的

那扇月下的小轩窗呢
时光倒流　如黑幕下的夜莺
山林疾退　月光寂静
拼命飞　要赶及暮霭和
　另一个黎明
蜡炬成灰　侧脸　杏目
让银色耳坠小心地
　在微明的耳孔中　穿行
那面影是我的
而我　是你的

# 蝉　鸣

任思念袭来
平滑进午后的梦境
梦着了蓝色的爱情
台风前夕　沙沙
窗外已是一阵蝉鸣

蝉声叫出绿色十顷
夏日虽长究竟如萍
谁教你爱上清凉远山
荡漾在心湖岂止风铃

雨歇　又响起蝉声
一日如永　一季即是一生
潮水般的竭力歌唱
沉醉吧　此起彼伏的光明

## 致十六岁

你的童年我正思念
在那极北的夏日
夏天很短然而日照很长
当天空终于出现了星星
我忽然错觉人生相当悠长

又记起徐徐的熏风
梨花树下蹦跳的时光
跃起时几乎触及蓝天
以及随影簌落的一地花瓣

后来有一个朦胧的夜晚
你随口说我是个过客
你是如何知道的
那深深刻在我心里
在那里
你显然是我的永恒

# 圣路易斯

你要读书很多
但可以玩一点点
酒店经理丹尼尔如此说
蒂凡尼　这是圣路易斯
一边的黑人女孩
笑脸上　满口白齿

暮色中俯瞰秀丽的
密西西比
以及河流穿过丛林的轨迹
河两岸躺着
中西部的小城
散发着些许原始的 气息

这就是青春的原发地
是的　蒂凡尼
带来的箱子
且带走满满的记忆罢
是的所有人都如此
顺流　逆流

循一条河流的　轨迹

别忘了今夜月亮

这么圆而令人着迷

还有这碗量忒小的越南粉

多年后　你将仍然记得

# 致十八岁

踉跄的骑上
装了书篮的红色单车
回头腼腆一笑
湛蓝的天空下
德克萨斯宁静的屋宇（物语）

儿子也只剩下背影
远去
不再回头
风继续吹
掠过新英格兰的天空下
青青的湖面

如今这雨歇
多变的、江南的天空下
草长莺飞的季节啊

# 归　程

风雪
覆盖你的归程
即便归来
瞬间 白色便掩埋了
你沉重的脚印

反正已看到林中小屋
和素白中幽暗的山门
且迟些个进去
伫立着
让雪花飘满一身
直到暮色来临
也许候山月初升
月光映雪
等宿鸟抖下
扑哧一小团
雪花的吻

事隔经年

乱山落日和霜满寒江

幻化出深雪中

一盏孤独朦胧的春灯

## 睡　衣

一朵朵碎花
是赠我的点点寂寞
是遥远的梦
薄如蝉翼
透出温度
你穿着它
我穿着你
周游你的疆土
住满你的日子

# 脚

似荆棘莽榛中
一对白皙的云履
踏过千山万水
踏进我的废墟
颓瓦断墙
眼前一亮
轻轻地踩着我胸膛
你可听见怦然心动
与我共舞
脚趾踮起
错落着春的桃红

# 致 Tulum

念你云游了千年
是否今日
缓缓归航
风起一阵
吹来尤卡坦半岛的绿
顿悟
这应是前世
玛雅的封尘

圆的海角　圆的地平线
圆的石孔窗
且直窥天上
若隐若现的星辰
谁说此间无我
双手一推
就是扇面海的
山门

天蓝得若有所失啊
细嗅山门外的天涯
五彩缤纷

## 远去的船

习惯了她的日常
记下了她在人海里
穿行的倩影
以及款款而行的眼神
若轻若重的手袋
娓娓垂下的链条
足筋高高的踏着
两朵深蓝色的云

习惯了
她在我梦中如此之久
如影随形的日常
我愿在黑夜中坐化
把梦的点滴
揉碎于俗身的皮囊

抿唇笑了

眼睛是对影的半月

眸子清亮如雪

照见了寻常的岁月

唤醒了青春的一瞥

今夜这艘远赴天涯的船

汽笛缓缓拉离了

熟识的日常

她在我梦中如此之久

不舍的夜晚

她是否依在

我的臂膀

# 题千岛湖野史

一、新安江陈友谅

白练横江睡意沉，捣衣声拙隔江闻。

雾中舟影飘无路，后世将军亦姓陈。

二、严州方蜡

方腊严州举义军，梁山折尽泪纷纷。

招安犹剩武松臂，坐化钱塘鲁智深。

三、淳安海瑞

沧海桑田幻亦真，只见青山不见坟。

淳安县令今何在，湖上碧波水森森。

四、屯溪徽商

风物唐诗何处寻，险滩数日始山阴。

屯溪宅里伤心妇，牌坊年年锁深春。

# 千钟醉

一钟醉，青梅煮酒温如水，旷世曹刘擎玉杯。
英雄何在？漳河疑冢，此情无从对。

二钟醉，断弦绝响堪回味，相忘江湖自此微。
知音难觅，高山流水，此情无从对。

三钟醉，乌江东逝虞姬泪，四面楚声困骏骓。
枭杰有悔，佳俦不负，此情无从对。

四钟醉，相如辞赋文君媚，有凤求凰比翼飞。
白头绿绮，当垆沽酒，此情无从对。

五钟醉，洛灵流眄陈思寐，倩影翩约怅返催。
相思顾盼，神留足往，此情无从对。

六钟醉，阔契三载同窗诲，生死侣蝶两世追。
草桥缘定，十八相送，此情无从对。

七钟醉，断桥油伞轻舟北，西子婉约柳畔垂。
雷锋夕照，风荷烟雨，此情无从对。

八钟醉，红拂暗许布衣辈，入世出尘跃马随。
愿执君手，与卿偕老，此情无从对。

九钟醉，玉锄葬英香丘垒，春尽歌消梦喜悲。
自怜顾影，芳心谁共，此情无从对。

十钟醉，沈园犹记碧裙翠，却见千年未展眉。
落红稣手，深宵黄酒，此情无从对。

百钟醉，山重水复一期会，枕月半轮梦里回。
夕阳山外，旧时风物，此情无从对。

千钟醉，茫茫广宇光阴碎，流转生生不复归。
天涯羁客，初心永去，此情无从对。

注：日前，写千钟醉仅得几阙（一十百千）便告笔枯。昨夜秋分醉归，收到友 Winter 兄大作补余全阙，遂共成全千钟醉。

原序：

看完 Pluto，一切都觉无常。人杰如曹刘，情深如唐陆，无常。山水风物如是，浩瀚广宇亦如是。人生太渺小，唯须饮酒，得几片断。

Winter 友再序：

唏世事无常，人生几何？万物有序，俯仰千年，杂陈百感，惟情难勘。遂狗尾续貂，妄求铺衬，每成半阕须浮一白，秋分冷雨，夜阑微醺。词未必达意，醉则已超然。

# 九张机

一张机，青松自在展虬枝，白砂滩上蓝天碧。
翩翩丽日，迢迢海路，飞鸟入眸眦。

二张机，堂前旧燕衔春泥，山樱簌落知人意。
粉红吐艳，风流看尽，玉袖拂云低。

三张机，微风浅唱月出迟，清辉皓皎连礁石。
涛声阵阵，罗袜新织，逢别两依稀。

四张机，星光南浦照青衣，能古岛上徒相忆。
悠悠白浪，短歌一阕，蚕数几多丝。

五张机，刘郎对海欲鸥飞，渡头落日红晕坠。
今宵剪烛，人难入寐，世上足别离。

六张机，汾阳雁断各东西，天涯落恨长孤寂。
线香花火，流萤夏夜，梦里鬓霜丝。

七张机，湘南独赋聂耳词，镰仓慕影听横笛。
余音将尽，今犹细听，归燕似相知。

八张机，秋樱雾岛绚烂时，晴明但画山林碧。
峰看如是，流泉汩汩，相忘过清溪。

九张机，残枝冷月宿鸟啼，门前雪印无从觅。
五更披衣，当窗伫立，寒夜总凄迷。

# 暮

## 暮　日

白发风中语，斜阳暮里明。

远山含近影，飞鸟遂归林。

## 暮　色

暮色潜无相，心魔遁微明。

乱云多飞渡，闇里自缩盈。

## 暮　雨

暮雨素来急，密密难徐行。

梧桐巴掌叶，滴滴别泪痕。

## 暮　钟

深山藏古寺，暮钟落魄人。

敲破千年梦，今宵坐听更。

# 微笑的泪痕

佛说心应无所住，
佛说心不喜不悲，
佛依旧拈花微笑，
为何却潸然落泪？
也许痛苦若即若离，
也许世间满目流离，
也许人生须臾永劫，
也许情缘形影不离。
眼泪啊许是化雨的慈悲。
当幸福已是久违，
当苦海斜阳余晖，
当一切放下红尘，
当人心交集悲欣。
欢喜啊许是微笑的泪痕。

## 行香子·送女

还忆那天，十八年前。

初来到，只顾啼先。

穹高云淡，转眼如烟，

记儿时囧，少时趣，彼时颜。

重洋今渡，弹指挥间。

算当下，沧海桑田。

父囡一梦，愁绪平添，

只燕儿飞，花儿落，鼻儿酸。

## 游千岛湖

雨歇青山绿意多，一行至此水如何。
淳安自叹沧桑问，白鸟飞鸣隔世歌。
涤荡缈云千嶂里，回眸峰影一心河。
环游不觉天外事，四面平湖尽清波。

# 贺友BQ

羁旅重洋奔走多，蹉跎半百又如何。
从来疆界无常物，待向天公写悍歌。
竟日湖旁八十里，晴天昨夜千星河。
同袍兄弟亦神往，自今人生又一波。

# 送　友

别意轻言素自多，情谊既笃奈君何。
今宵辗转人难寐，明日神随燕亦歌。
数十年缘因旧梦，三千里路会天河。
长留欢喜花开处，恩重韶华如逝波。

## 晚宴赠友

一别经年感亦多，京华旧识竟如何。
朱颜满月诗心在，快意空樽岁月歌。
信步青峰连秀陌，寻香雪野接冰河。
为兄不问辛劳事，唯盼天晴少风波。

## 深　秋

细语金风落叶多，煦阳初照暖如何。

天蓝若洗流云意，杏黄还依故地歌。

满眼人间欢喜事，偷闲棹桨潇青河。

梧桐不欲甘寂寞，斑驳虬枝说秋波。

## 读四十二章经

雨打在芭蕉叶上，
慈悲滴落心叶上。
循环四十二章经，
细辨隔世的回响。
以生命拈花微笑，
以九歌涕零两行。
似每日皆如初见，
似回眸五百年长。
无常是潭里深影，
揉碎在雨中寂茫！

# 和女儿聊天

夏日在曼哈顿的阡陌穿行
骄阳似火　楼宇森林
你看来显得年轻和开心
穿过议员办公室那些
高谈阔论的人们
肤色林林总总
此起彼伏的电话铃声
这是真实的世界
巧舌如簧的单调
也许带些普世的铺陈

你看世上多变
汲汲营营的人生
可以凌驾其上的
只有自己坚定的内心
想起你两岁时
不小心反锁在屋里的情景
你边哭着搬来板凳
站上去力图开门
无视窗外大人的喊叫

你只是边哭着试图打开门
长大了很多时候就是如此
门还不是你锁的
但你得去　开门
开了门让阳光住进心里
照亮阴影
照干泪痕
当你定睛注视会发现
人群里多是飘忽的眼神

你只管长大罢
将困难一饮而尽
让一切返璞归真
我守望着
希望明日天晴

# 独　白

爸是个孤独的人（loner）

一如你所常说 孩子

我注定真是个孤独的人

看到了和许多人一样

人生一无所依

你说爸总没朋友

甚至没有像样的 Hobby

那是你太年轻

没看过爸年轻

没看到岁月斑驳的窘迫

孩子　我真不怎么想你了

爸在想自己的其他事

这听来残酷而孤独是吗

孤独得了无痕迹

纪伯伦说孩子是射出的弓箭

我看起码不是 Boomerang

飞去来器

归去来兮

弓箭也是孤独的对吗

当它勇敢地划过天空
满眼只剩下
天蓝如洗

想起来我妈妈
临终时艰难地说
“儿啊好好生活”
扳下我的额头一吻
那是一九九六年秋分
唉 世事蹉跎
也记得你曾说
“Don't get old Dad”
孩子　你很执着
可天还未曾黑
爸有自己的路要走
有好多坎儿得过
我应承你我不变老
比方说会一如既往奔跑
直到日落西山
去日无多

孩子啊　其实我愿意

你们都是 Boomerang

可是开弓没有回头箭

终归各循各的轨迹

苦尽甘来

幽独如蜜

万紫千红

电光火石

## 寄东瀛友

东国久无讯，

信来眉不舒。

倘非心相印，

岂独我如初。

梦跨冰河马，

闲骑灞上驴。

低头难作语，

急递彩虹书。

## 寄　儿

逢君日暖喜花蕾，
终季埋头案牍堆。
学海耽游多趣事，
人间嬉戏少纷灾。
天涯遍照天涯月，
异域常清异域埃。
煮酒围炉存感激，
顽童旧日又归来。

# 致冲绳

我此刻只想冲绳
想着两三点渔火的海岸
想着帆船形纯白的宿
以及海浪声中
飞翔的双眼

我此刻只想天空
浅夜写满你的海蓝
写几颗星星和一轮月
把心枕在椰子树下
风吹过婀娜的海湾

## 眼　睛

有一天你会记起坚定的眼神
目不转睛渴望你的晨昏
眼帘的丘壑和鼻梁的山脊
如瀑布般落下的黑发以及
冬日茶花般柔美的红唇
闭上眼睛夜雾悄然而起
匍匐指尖寻觅着爱的星辰
任肉体和血潮在起伏中流放
任梦滋生于乳白的原野
和潮湿的森林
用眼睛吻遍你广袤的神地
眼波不再飘忽，推开亘古殿门
凝视你的面影和渐远的背影
啊　每一度都有
如落花般散了的心魂

# 寄父亲

人生绚烂变无穷，
客属梅州山望重。
初夏紫荆花似水，
经年日月絮如榕。
百无一用掷奇笔，
病入九旬欺老翁。
小子至今过半百，
犹思垂教俭温恭。

注：父客家人，年届九旬，病榻八年。1946年入中大读书。住将军路、豪贤路、六榕路，如今光孝寺旁又住八年，虽有神识，已不能饭。岁月如梭，犹记离家读高中时所教温良恭俭让，不卑不亢，满招损谦受益。

# 回母校

南粤风光尚暑天，
梦回三十二年前。
孙文旧训犹悬壁，
进士新碑已逝烟。
闲步依稀曾邂逅，
笑谈契阔亦欣然。
红楼掩映青春在，
往事悠悠看丽川。

# 异域集

（译作）

# 当你老了

当华发霜催，睡意袭来，
当缓引旧书，盹首炉台，
当抚卷慢读，乍梦娇颜，
叹倩目柔情，深影不再。

数浮情追逐，或青春多爱，
慕君之妩媚，曾红颜光采。
然我永爱你，你虔诚心灵，
任岁月忧痕，我倾心不改。

当壁炉火光，闪烁愁哀，
当垂坐低语，爱不再来，
当爱已逝去，步上山峦，
看爱已消失，藏迹星海。

By William B. Yeats

# 白　鸟

愿为白鸟逐浪影，
意淡今宵焰流星，
低垂天际蓝暮色，
悲自中来不绝萦。

休梦星光常依旧，
玫瑰百合惹倦愁，
幽蓝逝如三秋露，
愿化白鸟翻涛头。

迷踪遍历海蜃楼，
逍遥永日浑忘忧，
愿作成双比翼鸟，
翩翩踏浪股回眸。

By William B. Yeats

# 雪夜林中小驻

寒林屋舍，

知是谁家。

羁旅伫望，

纷飞雪花。

马儿目张，

四面寂茫。

冰湖树影，

夜黑莽苍。

轻摇响铃，
似问何寻。
但听雪落，
片片风清。

林幽如歌，
然我有诺。
兼程远去，
人生蹉跎 。

By Robert Frost

注：遵原韵规律，后一阕韵用前阙第三句韵。

# 默　许

夕照红霞，日沉海湾。
静寂如斯，群鸟知返。
暮色渐深，孤雀呢喃，
离巢路远，闭目由天。
低飞疾移，只觅故枝，
驻爪轻语，夜黑依稀。
夜黑不见，明日何方。
明日无方，江海茫茫！

By Robert Frost

# 莫轻往温柔的良夜

劝君莫轻往，静夜言安息。
烈士虽垂暮，壮心燃如昔。
奋起须怒向，微明渐灭寂。

智者概多叹，黑闇乃终极。
未索光明句，此际苦吟诗。
劝君莫轻往，静夜言安息。

波澜拍岸尽，浪白惊涛急。
大德仍歌善，曾舞翠湾碧。
奋起须怒向，微明渐灭寂。

狂士吠苍穹，逐云追日炽。
光阴难驻足，驻足遣悲迟。
劝君莫轻往，静夜言安息。

幽人将永别，朦胧目游丝。
暗野流星亮，快意犹决眦。
奋起须怒向，微明渐灭寂。

老父何所遇，最期悲已极。
安得溅泪呼，呼余意难抑。
可否莫轻往，静夜言安息？
奋起须怒向，微明渐灭寂！

By Dylan Thomas

# 耽 梦

我梦你良多
以至你不再真实
是否来得及
再一次
触到你起伏的胴体
吻你的唇
再唤起你爱的柔声

我梦你良多
习惯了双臂环抱胸前
只空拥你的幻影
而并非你的身形
你真实的形体
支配着我
魂不守舍
年年日日
终成虚影

啊 摇曳的爱情……

我梦你良久
以至无法苏醒
唯行着睡着
被生命和爱的形色吞噬
你亦成为我的唯一
然而你的脸庞和红唇
我再难触及
梦中的你似是路人

我梦你良久
和你的影子一体
踟蹰已久
呓语已久
沉睡已久
所剩无几
也许我只能

化作魅影中的魅影

在阴暗的重影中流转

缓缓投入你生命的日晷

注：法国超现实主义诗人 Robert Desnos，1945 年死于捷克的盖世太保集中营。据说曾在去毒气室的卡车上，逐个帮车上人看手相，说着你会活很久会有很多孩子之类的祝福话语，竟使惨淡气氛一变。这首 I dreamt about you so much，传说是狱中思念之作，虽概为讹传，但宁信其真，自有刻骨铭心处。

By Robert Desnos

# 艾米莉选段

If I should cease to bring a Rose
Upon a festal day,
'Twill be because beyond the Rose
I have been called away——
If I should cease to take the names
My buds commemorate——
'Twill be because Death's finger
Claps my murmuring lip!

——Emily Dickinson

庆祝那天如果我没拿着玫瑰前来
那准是被召到离玫瑰很远的地方
如果哪天我没喃喃轻呼心中花蕾
那准是死亡之神合上了我的双唇

Each that we lose takes part of us;
A crescent still abides,
Which like the moon, some turbid night,
Is summoned by the tides.

——Emily Dickinson

每次的丧失都消蚀我们一部分

新月在默等其实圆月也在默等

听从在浑浊的夜晚潮汐的传问

Who has not found the Heaven — below —

Will fail of it above —

For Angels rent the House next ours,

Wherever we remove——

——Emily Dickinson

天堂是低头不见则抬头亦不见

只因天使住在我心安处的旁边

If recollecting were forgetting,

Then I remember not.

And if forgetting, recollecting,

How near I had forgot.

And if to miss, were merry,

And if to mourn, were gay,

How very blithe the fingers

That gathered this, Today!

——Emily Dickinson

若回想斯为忘却，

那不如不去铭记，

若忘却忽再记起，

那实则近乎忘记。

若思念亦含愉悦，

若忧伤复觉欢喜，

那么快乐的指尖，

今日已将其拾起。

By Emily Dickinson

注：第一首是共译，头两句为张晓冬老友的翻译。

# 椰子漂来

海角漂流至，椰子惹远思。

落离何荒岛，其名谁人知。

恋恋别故岸，随波不得返。

浪里吟岁月，依依在心间。

遥想旧椰木，树盖正青繁。

故枝犹忍看，日垂修影闲。

余亦卧滩头，枕梦同浪兴。

孤身素羁旅，浮寝共天明。

俯身拾椰实，捧之意难平。

流离多忧患，此际旧愁新。

远观海落日，灿然红霞辉。

涌出相思泪，异乡情堪追。

潮汐重重起，思绪层层堆。

明日复明日，去国几时归！

By 岛崎藤村

## 雨　宿

在车站的月台瞥见了你
我从前的恋人
端详片刻那熟悉的侧影
忍不住叫你一声

你瞬间满脸惊讶
香烟也轻轻掉落地下
刹那苏醒了那些散落的炎日
衬托互相凝视的两双眼睛

“你如何了，这些年”
“过挺好，和从前一般”
“喝杯茶去？就一点点时间”
此刻列车已一节节　驶远

咖啡杯里你加进两块方糖
“如今我　就是这个样”
边笑着，撩起两侧鬓发

似人生太多的不可思量

包括那一天离别的感伤

“那时都只是少不更事”

就这样　我们一起默许了过往

我曾经多么爱你啊

尽管如今　各在各追梦的轨迹

轻叹这不经意的温馨偶遇

就象两人同一屋檐下　躲雨



By 五轮真弓

# 风中的蔷薇

风中蔷薇
吹拂在烂漫春里
花蕾乍醒
倾情绽放的　蔷薇

曾几何时
在我胸臆
有枝心的蔷薇
你的爱在那里永生
多么美丽的　蔷薇

风中蔷薇
你的浅笑
同行于日影的明媚
若那个季节再度醒来
你　而今却在哪里

风中蔷薇
在微风里摇曳
那纷飞的花瓣

飘散在风中

飘落了　蔷薇

风中蔷薇

是爱情的遗落

是爱的印记

在那个永不归来的季节

有我俩的　别离

风中蔷薇啊

莫再哭泣

风中蔷薇啊

时光虽已逝

我心深处的

风中蔷薇啊

盛开在　永日

By 五轮真弓

# 心的挚友

我把苦痛从你身上夺走
那一刻我充满勇气和生的冀求
邂逅你前我是孤独的游子
谁让我感受到你温情的双手

啊　爱意总如摇篮曲
在你脆弱之时
在旅途疲倦的时候
请呼唤我　心之挚友

有时在哪里忘记了初心
人们惯于对往昔幸福苦寻
闭上双眼静静打开心之门户
请留住我 擦去泪痕

啊　爱意总如摇篮曲
在你脆弱之时
在旅途疲倦的时候
请呼唤我 心之挚友

By 五轮真弓

# 拥抱—爱如逝梦

我沉醉于小小的幸福
尽管深知美梦终须幻灭
至死不渝
我是曾如此爱你

请抱紧我
无言
在此际分手的刻前

在乎爱意渐深
命运每显残忍
尽管深知
明朝杳然一身
没有你
我也须生活下去啊
不要替我担心

请抱紧我
无言
让眼泪默默流干

请抱紧我

无言

在此际分手的刻前

By 五轮真弓

# 海　鸥

决眦望着这无边大海
心灵自由地随风打开
乘着海浪远去，波涛成排
从今已非昨天的我
曾满脸泪和尘埃
似是我相逢的心友
太阳升起，从浮波上走来

海鸥在碧蓝的空中翱翔
梦想也驰骋在海疆
忘却昨日前千般惆怅
彼岸有彩虹为我渡航
生活在每天平凡的日子
我和你
且越过无尽的悲伤
而把飞逝的日月
牢牢地留在心上

By 五轮真弓

# 仰　望

独行旷野，抬头仰望
不让眼泪滑落脸庞
忽然记起来那年春天
一个人孤单的晚上

独行旷野，抬头仰望
沐浴着那深邃的星光
忽然记起来那年夏日
一个人孤单的晚上

幸福啊在云朵上方
幸福啊在天空之上
一边哭泣着依然漫步
一个人孤单的晚上

独行旷野，抬头仰望
不让眼泪滑落脸庞
忽然记起来曾经秋日
一个人孤单的晚上

星星的背面都是一样忧伤

月亮的背面都是一样忧伤

一边边哭泣着依然漫步

一个人孤单的晚上

By 永六辅

# 拜　祈

衣上的露水是初春的小雨
玉袖抖落　素手轻拢花饰
马蹄哟嘟　且听风铃回响
今夜是谁　一路神宫拜祈

玉白的沙子 映着朱红庙居
碧波荡漾着广袤的神地
铁树丛下　那悠长的南国之梦
花样新娘　幻化着朦胧夜色

缕缕金丝银丝　一如那淅淅雨丝
你腰上的绸带　就让我日日编织
月华似水　春茶悄然绽放
那花含羞于夜露
一如你此刻薄薄的口红

为何这高 这滴泪的春山

翻越了几座峰峦　回眸几个海滩

过路的飞鸟啊　啼声阵阵

那倾情的啾鸣

似赐我们一个吉占

By JUNK/ 小川罗恩

# 青叶城恋歌

广濑川河水啊流淌在岸边
关于你的回忆　似已走远
早潮里　那波磷潋滟的光影
一如你那双　灵动的眼睛

时间在流转　又是夏天
淙淙水岸，就似从前
迷人的水声里　这翠绿的都城
心爱的人啊　已不在身边

七夕的饰物　在风中摇曳
关于你的记忆　似已远绝
夜空里　一颗颗闪亮的星星
星光下听见　你那许愿的心声

时间在流转　又是夏天
七夕的光景　就似从前
树影婆娑里　这翠绿的都城
心爱的人啊　已不在身边

青叶路上　那散出微香的绿意
关于你的记忆　似已难觅
树荫里　洒下了街灯的银辉
夜幕下映照着你颊上的滴泪

时间在流转啊　又是夏天
那寂寞的街角　也如从前
过往的风里　那翠绿的都城
心爱的人啊　已不在身边

By 星间船一

# 今　日

今日
趁花倚藤蔓
吻朱唇如丹，尝甘醇似酣
穷百万昼夜，永日来临
忆往昔韶华，今日尽欢

他日
或成富贵，或四处流浪
你可知是我，听歌声飘荡
今天
且共享佳肴，且共眠花香
谁须理会，明日何方

往日荣光，业已淡忘
誓言难继，四季流放
唯独今日，光阴眷我
唯独此刻，你我成双

我的欢笑

我的哭泣

我的歌唱

By John Denver

# 罗蒙湖

悠悠山丘，澹澹水柔。
日照湖上，倩影嬉游。
流连忘返，此情长留。
罗蒙湖畔，爱意不休。

君行高地，我行低洼。
殊途同归，先汝还家。
但求一梦，再会天涯。
罗蒙湖畔，往昔韶华。

昔日伤别，翠绿山谷。
黑崖陡峭，紫烟峰蹙。
朦胧淡月，倾辉成雾。
罗蒙湖畔，幽人长伫。

飞鸟啾鸣，野花陌青。
明媚日影，平湖寂声。
心伤既碎，难待春归。
愿觅欢颜，悲哀远离。

君行高地，我行低洼。

殊途同归，先汝还家。

但求一梦，再会天涯。

罗蒙湖畔，往昔韶华。

注：这是苏格兰民歌 Loch Lomond 的译文。原作者不详。

# 蓝色夏威夷

这夜色和你
还有蓝色夏威夷
夜晚美妙如天堂
而我的天堂安住于你
啊，可爱的你
与蓝色夏威夷
这无边的爱意
动人心仪

来，我们一起
趁月亮还在海上天际
趁年轻的浅夜
伴着我们的年轻 一起
梦想成真
在蔚蓝夏威夷
我已圆梦
在这永夜中的良宵
此刻与你
共证奇迹

By Leo Robin and Ralph Rainger

# 襟裳岬

北国的忧伤
似已在围炉里　飘忽轻燃
莫名的烦恼
使人老去　不再从前
默守的岁月　岁月
如何拾起　与其互暖
襟裳的春天啊
是一无所有的春天

是你第二杯吧
记得　咖啡里放了一角方糖
那时你忘掉纷扰　到来
不停地搅动　一圈一圈
于是那夏日的气息
忽然飘过
想起来了
于是　怀念从前
襟裳的春天啊
果真是一无所有的春天

日复一日的生活

即使厌倦　也照样来临

就让我安静中　一笑嫣然

反正　执拗即是生存——

我边说　正襟坐着

啊，其实那只是过于温顺的

我的　胆小怯言

襟裳的春天啊

是一无所有的春天

只有　寒天中

朋友来了

别客气　来暖和下

再出门　向前

By 冈本尾佐野

# 有些梦

有些梦比华章
有些梦如淡裳
有些梦随风飘远
了无痕藏
有些梦掩隐脸庞
有些梦云开月朗
我怀有无数的梦
共你入梦成双

不独因你
不独因我
总觉梦回
一意彷徨
或心宇不灭
或失意余殇
唯待明日
明日何方

一梦便一生
此梦绵长
似夏日浮云
孤影杳茫
任平生错爱无常
谱一曲伴你永芳

有些一梦成谶
有些梦含朝阳
有些梦里邀舞
音乐悠扬
啊，若果我为君引
若果我为绝唱
问何须再等
你我且共舞
人间天上

有些梦比华章
有些梦如淡裳

有些梦随风飘远

了无痕藏

有些梦掩隐脸庞

有些梦云开月朗

我怀有无数的梦

共你入梦成双

By Allan Taylor

# 苏　珊

带我到你的小屋 苏珊
那儿听得见来往的小船
那儿可以共度黑暗的夜晚
也许她有些半颓半癫
可正因此我愿呆在身边
她端出来自中国的桔和茶点
当我要说我其实无爱可奉献——
她却拥我入怀
让河流缓缓
说我是她永远的情人
你愿和她同行
四处游弋
你深知她已以心相许
当你以心轻抚她完美的躯体

耶稣曾是水手
当他在水上行走
从他那孤兀的木塔

一直在凝眸守候
那刻他明白
只有溺水之人才会看见他
他说　让所有人都成水手
直到大海还汝自由
而他却天亮前形骸破碎
孤零零的如一凡躯
沉溺于你心智如同化石
但你愿和他同行
四处游弋
你深知你已以心相许
当他以心轻抚你完美的躯体

拉着我手　苏珊
带我到河边
她穿着羽毛毡布
从救济军得来的衣裳
但阳光如蜜般洒满
在港湾女神身上
你看　她指着远方
眼神穿越垃圾堆和花床
海草上屹立的英雄

以及晨光中的儿童

他们在伸手触摸爱情

他们永远渴望触摸爱情

当苏珊照起银镜

我愿和她同行

四处游弋

我深知我已以心相许

当她以心轻抚我完美的躯体

By Leonard Cohen

# 知床旅情

一

记起来了吧
在知床半岛
野蔷薇初开的时光
饮酒歌唱
我们攀上山岗
白夜渐渐消散
国后岛浮动远方

二

我们来到海边
旅情随醉意摇荡
看月光照彻波浪之上
莫辜负良夜
相拥毋忘
依偎在岩礁下
嬉笑着的脸庞

三

那天你离别了

知床半岛的村庄

翻过了重重山岗

无常的鸦雀

啼声阵阵

莫将我忘

白色的飞鸥啊

莫教我哭泣悲伤

By 森繁久弥

注：往年常在来往中美间的飞机上俯瞰鄂霍次克海域，耳边总想起这首歌唱知床半岛的曲子。眼前疾风吹过沙滩，寒鸦阵阵，山峦起伏。

# 再见，牙买加

愉悦的夜晚走向港湾
看丽日每天照亮山峦
我远海之旅一叶风帆
途经牙买加驻足海岸

只忧伤地说我将启航
海路迢迢叹归期渺茫
我低眉神伤回首怅望
留别心上女孩在镇上

处处笑声一阵阵荡漾
起舞的女孩回旋身旁
我坦然把心留于此乡
从缅因到墨西哥路上

集市叫卖声熙熙攘攘
女人们高顶头上篮筐
阿奇果咸鱼无比美味
朗姆酒香在四季飘淌

只忧伤地说我将启航
海路迢迢叹归期渺茫
我低眉神伤回首怅望
留别心上女孩在镇上

By Lord Burgess